无人区的卡车

马行 ○ 著

山东文艺出版社

目 录

辑一 大 风

大 风 ………… 2
这个冬天我在古尔班通古特沙漠 ………… 3
大风在克拉玛依 ………… 4
塔里木油田勘探记 ………… 5
从罗布泊无人区向北 ………… 6
准噶尔冬天的大风 ………… 7
塔克拉玛干 ………… 8
木垒鸣沙山记 ………… 9
梭梭树 ………… 10
在罗布泊 ………… 11
在塔克拉玛干 ………… 12
从黄河入海口到塔克拉玛干 ………… 13
大 雪 ………… 14
乌鲁木齐机场送第27号女工 ………… 15
在可可西里迎风而行 ………… 16
在准噶尔的勘探队上过生日 ………… 17
罗布泊记 ………… 18
在大柴旦草原给一个哈萨克少年拍照片 ………… 19

塔里木盆地 ………… 20
我来到木垒北边的戈壁滩上 ………… 21

辑二　勘　探

我把地质勘探队带到天山顶上 ………… 24
从天山向北 ………… 25
在天山中 ………… 26
第七十一天：加伊尔勘探区 ………… 27
勘探路上 ………… 28
勘探路上，让地球歇一会儿 ………… 29
勘探老工人胡老六 ………… 30
柴达木，勘探队的一个青年女工 ………… 31
勘探途中，在木垒哈萨克遇沙尘暴 ………… 32
荒原：勘探者 ………… 33
准噶尔大戈壁：勘探日记 ………… 34
赖春天 ………… 35
跟着勘探队在蒙古高原上游走 ………… 37
柴达木啊，勘探队 ………… 38
勘探地球的人 ………… 39
大柴旦勘探区 ………… 44
在可可西里地质探区 ………… 46
大戈壁滩上的三个勘探女工 ………… 48
在准噶尔 ………… 49
柴达木石油勘探施工遇险 ………… 51

勘探奇遇记 52
在勘探基地旧址 54

辑三 出 发

巴里坤向北：孤独之神的家乡 56
大雪山之门 57
两滴黄河水 58
从黄河入海口到巴颜喀拉山 59
柴达木的蓝 60
卡车过阳关 62
行进啊，罗布泊！ 63
塔克拉玛干的天空下 65
在阿奇克大峡谷发现野骆驼 66
阿尔金山之夜 67
行进在塔克拉玛干 68
木垒哈萨克大牧场 69
在可可西里 71
雁 鸣 73
石油勘探队伍在行进 74
跟着王葵花上山 75
勘探大卡车颠簸在太行山上 76
在青海西 78
青 海 79
在青藏高原上 80

辑四　石　油

勘探工饶晶晶　…………　82
大庆油田的冬天　…………　83
青年女工黄小桔的采油小站　…………　84
沙漠油田的黄羊　…………　86
准中油田注采站的冬天　…………　87
古尔班通古特沙漠油田上空的鹰　…………　89
行走在大庆油田的秋天　…………　90
在大庆油田矿区　…………　91
大庆采油九厂的一个下午　…………　92
在大庆油田旷野上　…………　93
大庆油田歌谣　…………　94
在羊口　…………　95
我在羊口小镇　…………　96
铁　人　…………　97
羌塘高原无人区　…………　98
我们在大海上打井　…………　99
在海上钻井平台　…………　100

辑五　星　空

勘探车队过克拉玛依　…………　102
塔城哈尔墩玫瑰小院里的手风琴声　…………　103

在天山北麓的草原上 ………… *104*
喜马拉雅山下 ………… *105*
古尔班通古特沙漠里的月亮 ………… *106*
傍晚的塔里木 ………… *107*
夜宿天山克孜尔宾馆 ………… *108*
准噶尔盆地行记 ………… *110*
塔城之恋 ………… *111*
塔尔巴哈台的小麦和月亮 ………… *112*
伊金霍洛旗草原上的月亮 ………… *113*
大雪山下 ………… *114*
勘探卡车夜半过陕北 ………… *115*
荒原上的勘探指挥车 ………… *116*
在阿尔泰山望月亮 ………… *117*
勘探途中，可可西里的黄昏 ………… *118*
青海草原上 ………… *119*
朝　圣 ………… *120*
帐篷门口 ………… *121*

辑六　方　向

在通天河大桥上 ………… *124*
过当金山口 ………… *125*
羊口的早晨 ………… *126*
在罗布泊镇 ………… *127*
哦，大地之神 ………… *128*

勘探路上：跟着木垒河向北 ………… 129
勘探途中 ………… 130
在木垒北部荒漠看偶遇的马群向北 ………… 132
向导姚师傅 ………… 134
在天山深处偶遇一棵老榆树 ………… 135
大牧场 ………… 136
准噶尔盆地的下午 ………… 137
我是塔城 ………… 138
中国—哈萨克斯坦边境线上 ………… 139
选择塔城 ………… 140
在塔城的街上看榆树 ………… 141
玉米，小麦，甜菜，向日葵，红花 ………… 142
向着地平线行进 ………… 143
羊口谣曲 ………… 144
在塔尔巴哈台的山顶草原上 ………… 145
在准噶尔腹地遇到人家 ………… 146

辑七　石　头

西部谣曲 ………… 148
在哈罗无人区捡戈壁石 ………… 149
小石头 ………… 150
在和布克赛尔戈壁滩上寻找戈壁玉 ………… 151
戈壁滩的早晨 ………… 152
玉　记 ………… 153

和布克赛尔的一块金丝玉　………… *154*

大　山　………… *155*

在大西北　………… *156*

大柴旦西山行记　………… *157*

昆仑山下偶遇的一块小石头　………… *159*

偶遇黄泥石　………… *160*

我坐在昆仑山的石头上　………… *162*

克拉玛依辞　………… *163*

克拉玛依　………… *164*

冈底斯山谷　………… *165*

阳关的两块花石头　………… *166*

陪着一块风砺石在准噶尔戈壁滩上　………… *167*

柴达木山上　………… *168*

辑八　大　水

黄河入海记　………… *170*

在海边　………… *171*

黄河和我是同一条河　………… *172*

黄河传奇　………… *173*

黄河那些船　………… *174*

到张掖看黑河　………… *175*

黑河来到了张掖　………… *176*

扎加藏布河边　………… *177*

在长江源　………… *178*

雅鲁藏布江 ············ 179

早　晨 ············ 180

黄河向东行 ············ 181

一个人在兰州黄河边上 ············ 182

黄河张家滩河段，沙洲之上 ············ 183

你是我的黄河水吗 ············ 184

乘铁船沿黄河入海口河道驶向大海 ············ 185

我就是黄河的支流 ············ 186

黄河边上 ············ 187

从济南泺口向东北 ············ 188

入海口 ············ 189

日历牌上的黄河 ············ 191

辑九　飞　翔

在天山 ············ 194

柯坪戈壁滩上遇城堡废墟 ············ 195

在昆仑山遇磕长头而行的年轻夫妇 ············ 196

太行山上 ············ 197

在柴达木的一个孤坟前 ············ 198

河西走廊的孤独 ············ 199

冈底斯山 ············ 200

海拔4700米的安多 ············ 201

在玛多县 ············ 202

九　月 ············ 203

黄昏时分，勘探队驻扎在昆仑山下 ………… 204

小蒿草 ………… 205

那曲：赶火车记 ………… 206

冈底斯山谷 ………… 207

水泥桥上 ………… 208

在喜马拉雅山 ………… 209

马兰花谣 ………… 210

大雁飞 ………… 212

出昆仑北山口 ………… 213

在荒原上 ………… 214

我是雪豹 ………… 215

辑一 大风

大 风

塔里木，大风分两路
一路吹我
另一路跃过轮台，吹天下黄沙

辑一　大　风

这个冬天我在古尔班通古特沙漠

这个冬天，古尔班通古特沙漠冻伤了我的手指
这个冬天，古尔班通古特沙漠里没有牧羊人
早晨醒来，发现天上的白云有些老了
下午时分，我站到高高的沙丘上向南望啊，望
　　那隐隐约约的天山雪峰

大风在克拉玛依

大风在走， 大风在大风中消逝
又在大风中活着

有的， 缩进黄沙
有的， 野兔一样伏在梭梭草根部
有的， 躲到月亮上去了
有的， 山口奔窜

大风就是克拉玛依
大风可不仅仅是为了活着啊

从下午开始
有一小股陌生的大风， 在勘探队驻地大院的
旗杆上
使劲地， 吹动一面
红旗

辑一　大　风

塔里木油田勘探记

绿洲远了， 留下的背影， 是不倒的胡杨
骆驼队远了， 留下的背影， 是挂在天边的一角蓝

八十年代的哈德油田， 九十年代的塔中油田
留下的背影， 是勘探者
依然在路上

还需要多少油田， 多少地质构造
多少个轮回
才能抑制住这漫天的黄沙， 无边的忧伤

嗨， 我们能做的， 除了勘探
就是继续勘探

而塔里木能做的， 除了刮风
还是刮风

从罗布泊无人区向北

从罗布泊无人区向北
继续向北， 在北纬42°附近
终于有了俗世和村庄
大片的草滩

夜深了， 网络也停了
谁在为白天的阳光续命呀？
我在房间中踱来踱去， 但见桌上两块戈壁泥玉
闪着空寂的光

准噶尔冬天的大风

大风从东向西
刮了一千里,又一千里

我从勘探队的大卡车上跳下来
我冷,腿上有伤
可我也不想阻挡大风

整个勘探队,从来就不是大风的同盟
但也不是敌人

我背着勘探工具包,侧身而立,让漫无边际的大风
从身边呼呼地刮

塔克拉玛干

哦， 世界啊， 大面积的时光
孤独成了你

更加孤独的， 其实不是你的黄沙
而是天上星辰

且看万年的大海已枯
零散的贝类化石， 搁浅在沙山之顶

一场又一场来自天山北的大风， 则从塔北吹过塔中， 又吹塔南
试图把我的孤独也带走

木垒鸣沙山记

中蒙边界线以南，木垒哈萨克之北
大戈壁上
只有你站了起来

千百年的大风，吹走城市，吹走河流
又在吹你

云起风落。也不知
从什么时候开始
你不再是沙山
你身上滚滚黄沙，已成天赐的袈裟

这得有多么大力量
才能放下
所有的执着

哪一声是佛陀，哪一声是楞严？此刻，你的轰响
似钟声回荡

梭梭树

是长不成大树
还是不想长成大树？

给你亿万年， 又给你三千里沙漠
却长成了这灌木状

灌木不老， 孤独不老
神仙就不老

西风吹啊， 白云走
难道梭梭树是白云的根？

恍恍惚惚， 古尔班通古特沙漠中隐约的灵魂， 在冷冷的太阳下
也长成了梭梭树的模样

在罗布泊

都三天了
大风还在刮
大风刮走勘探队队长， 刮走技术员
刮走骆驼
指北针还在， 方向却不见了
找不到车辆
找不到水
大风还在刮
刮走了生
又刮死
大风把灵魂刮到半空
大风还在刮
我不再是勘探队队员
也不是马行
我空荡
我无边无际， 我就是
罗布泊

在塔克拉玛干

哦，整个亚洲，整个世界的孤独
似乎都堆积在这里

孤独的正面，大风传递着方向
孤独的背面，命运空荡

两千年前的尼雅王国，叶尔羌河边的那只金色黄羊
为何久久地向我伫望

今天，勘探队的院子里停着奔驰卡车
我能做的，是借助塔中-4地质探区的思绪，把一朵朵白云写
　成诗歌
存进U盘

辑一 大 风

从黄河入海口到塔克拉玛干

这是风的方向

一个东方国度的腰

这是日出时的一条船， 日落后行走的骆驼

这是有人哭泣

有人跌跤

有人出生， 有人抱紧爱人双肩

这是人间路

路上花

这是打铁的抡起铁锤

找油的石油工人， 依然在找油

这是我看得见的

命运。 天地之间， 一吨海水

一粒沙

大　雪

勘探队连续施工一天一夜
我累，风也累，都累得刮不动我了

大地侧身，天空瘫坐，随手把皮夹克披在积雪上面
我不想睡觉
只想躺一会儿
休息一下

勘探炮声此起彼伏
天上浅云忽远忽近
恍恍惚惚
我还是睡着了

等我醒来，众工友已经走远
身边，只剩下一只陷在雪堆的绵羊
咩咩地叫

乌鲁木齐机场送第 27 号女工

大沙沟远了
准噶尔 103 号测线远了
地质队，戈壁滩上的小石头
被大风吹跑了
候机楼前，她停住轮椅，转身投来的眼神
多么忧郁

世界在下雪
雪花落在她的脸颊，落在淡蓝色发夹上
而风，在吹雪花

在可可西里迎风而行

大风大风
吹歪天空， 吹凉雪峰， 把我和勘探队
吹在可可西里

大风大风
哪是野驴， 哪是羚羊， 哪是地质探区、 测线
哪是一个人的命

大风大风
你是谁的使者， 谁的悲喜
谁的背影

大路长长啊。 我的太阳
又藏哪儿去了
大风大风， 孤独的大卡车， 在可可西里咣当当， 咣当当

在准噶尔的勘探队上过生日

谢谢了，天空终于转晴
站在帐篷门前，可见百里外天山雪峰

谢谢了，身边一只流浪猫，居然把我的废弃油罐
当成了家，懒洋洋躺在上面

谢谢了，炊事班的老师傅
送来一大碗鸡蛋挂面，又外加两个甜饼

我本就是土命。或许，这一天
也是千里戈壁滩的生日

也谢谢天空，谢谢白云。我走出帐篷，把一整瓶矿泉水
浇给了一株干渴的骆驼刺

罗布泊记

大风累了， 沙石老了

不见前生， 也无来世。 大凡来这儿的
我都认识
要么是我的勘探队兄弟， 要么就是急于找到水源的
野骆驼

这儿没有任何退路
请你不要学我， 把整个俗世都弄丢

这儿的云朵和晚霞， 大都迷失了方向
也请你不要来看我

这儿啊， 我和那亮闪闪的钾盐， 其实都是宇宙之神的
咒语， 泪花

在大柴旦草原给一个哈萨克少年拍照片

请不要动，就在那儿
请把你的冬不拉琴，再往左边
挪一挪

请慢慢侧身
直至所有帐篷，以及整个草原
成为
你的背影

塔里木盆地

天山守在北
昆仑守在南

早晨, 太阳从库鲁克塔格山上跃起
中午, 大朵大朵的云, 慢吞吞地推卷着塔里木的天空

古楼兰, 大片棉田, 黑黑的石油
为何会同时在这里?

此刻是黄昏, 不知从何而来的几缕清风, 在我身边
轻轻地
拨弄一粒沙

辑一 大风

我来到木垒北边的戈壁滩上

哈密向北,到巴里坤
再从巴里坤向西
木垒小城就在那儿
小城外面有山,山里有骆驼
向北,木垒河边
梭梭树很好看
有无名野花,从哈萨克村庄
一直开到临近的乌孜别克村庄
再向北,穿过沙漠
是无边的戈壁滩
现在,我已来到那儿,在或大或小
或坐或卧的戈壁石中间,我感到
特别宁静

辑二 勘探

我把地质勘探队带到天山顶上

桩号旗，枯草，仿佛接到了密令
开始随着风摇曳

大地深处最隐秘的表情，浅灰色的勘探地震波
在计算机屏幕上，渐次显现

莫说地学假设，莫说外星生命
也莫说沧海桑田，考证中的造山运动

当我在山顶上发呆的时候，似乎真的可以看到亿万年前
的远古海水，再次，慢慢地涌来

人类与众生，还要走多久多远
才能找到时间之源，以及宇宙之故乡？

而现在，我能够做的，只是把一支地质勘探队
带到天山顶上

从天山向北

从天山向北，整个准噶尔盆地
加速，再加速

就在古尔班通古特沙漠
边缘，东经91°23′，北纬44°16′
一棵小野菊
拦在前面

她小小的，瘦瘦的，似乎迷了路，在我的地质越野车
　车轮前
举起了，淡黄小花

在天山中

路远，说那么多话干啥
要那么多东西干啥
吃那么复杂干啥

向左三十里
再向右四十里
一棵老榆树
站在了一户哈萨克人家门口

没有村庄，没有邻居
没有风
也没有狗

篱笆墙内，天山，土灶，支着铁壶
铁壶里有水
牛粪火苗，那么轻
那么蓝

辑二 勘探

第七十一天： 加伊尔勘探区

大风也不知为什么
一天又一天， 就是停不下来

大风把穿红工衣的勘探工人
吹成旗子
吹得石头
直向着天边跑

也不知那一块块石头
可否就是
天地之精灵？

今天， 是我来加伊尔的第七十一天
风更大了
天也冷

扎下帐篷
加伊尔山脉披头散发坐在门口
我搬个马扎
坐在里面

勘探路上

勘探车队拖拉着无边的大戈壁， 继续向前

仅有的一条路
已经老了
老得摇摇晃晃

除了向前， 勘探队还有什么
除了石头， 我又还能找到什么

当勘探队队旗越刮越烂
轮胎报废
永固的， 仿佛只剩下幻境

其实， 勘探的远方就是天空的湛蓝
湛蓝即孤独

而孤独啊
它是一只美丽黄羊， 在大戈壁的尽头
隐隐约约

勘探路上，让地球歇一会儿

我们勘探队，前天穿越七十里沼泽
昨天又把五十里戈壁甩在身后

今天上午从天山北麓径直向西
三十里之后，进入草原

走得远了，路也就累了
一辆辆勘探大卡车开始昏昏欲睡

还有微风，阳光，还有多愁善感的闲云
也开始在茇茇草尖上摇晃

那好，既然都累了，我们就停下脚步
不仅让路，也让地球
好好歇一会儿

勘探老工人胡老六

勘探队驻地， 望不到边的戈壁滩上
有一棵树， 一棵老榆树

胡老六啊， 夏天在老榆树下乘凉
冬天背靠着老榆树晒太阳

风起的时候， 老榆树的叶子一片片地落
胡老六的胡子一颤一颤的

没人说得清， 他是一棵老榆树
还是老榆树本身就是他

老榆树越来越老， 他也越来越老
老榆树一动不动， 他也不动

他和老榆树， 似乎都要
睡着了

柴达木，勘探队的一个青年女工

柴达木
有时很大，有时很小

现在是下午
她坐着
一动不动

偶尔，她回过头
看一看我

然后，依旧手托下颌
眼含泪花
抬头望着天

唉，柴达木箍不住的灵魂，注定了她另有一个家
在天上

勘探途中，在木垒哈萨克遇沙尘暴

尽管我们的勘探令旗已刮烂
然而测线之上，所有的风依然在疯狂提速

无边的黄沙啊，但愿你们给那个身陷沙尘暴中心
的勘探队员，披上的不是枷锁
而是一件特大号土黄色工衣

还好，更多的勘探队队员
借助通信卫星，已给恶梦中的大地定位
左冲，右突，再左行
终于找回了卡车，帐篷，以及方向

继续向前，北纬43°50′线上，居然发现了一个哈萨克村落
——铁热丝阿尔克村

荒原： 勘探者

转一转身， 把命交给荒原
再把灵魂托付给远方

就让一天又一天的地平线
慢慢吞掉夕阳
就让帐篷外的野草， 带领更多的荒原
在雨中疯长

谁啊， 吹口琴
谁啊， 点起熊熊篝火

当荒原上扎下帐篷
荒原就是世界的中心
请看啊， 大伙多激动
正在摔跤较劲呢。 而另一边

距离帐篷也就三四百米， 五六匹草狼， 眼睛里投
　射出幽蓝的光

准噶尔大戈壁：勘探日记

第一天，太阳烘烤
我们搭起帐篷，生火，做饭

第二天，一群准噶尔野马，从地平线那边过来了
又慢慢远去

第三天，繁星依然在
明月也在

第四天，米没了，水没了，蔬菜没了
我们开始等运送给养的卡车

第五天，我们等啊等
不时到来的，却只有一阵阵热风

第六天，运送给养的卡车终于来了，戈壁滩上的勘探生活
仿佛再次回到了第一天

赖春天

赖春天，男
壮族，籍贯广西，工号0592

二十岁时，参加四川盆地油气普查
攀爬跌落，丢一条命给了悬崖

二十六岁时，参加松嫩平原地质大普查
与沼泽地一起，死里逃生

三十四岁时，进青海参加石油会战
急性肝炎，病危

四十五岁时，过黄河，参加陕北油气勘探
卷入突发的山洪，冲走一条命

他是一名地质勘探队队员，命大
一九九九年
拖着旧皮箱，带着仅剩的半条命，退休登上一列火车

从此啊， 山依然高，路依然长
他杳无音信

跟着勘探队在蒙古高原上游走

大路，小路，荒漠，草原
跟在我们后面

一直以来，勘探队找宇宙之门
找生命密码，找石油

我找远方，找天上大雁
找记忆中一朵云

现在，大雁不在，秋天孤独
像枯草一样

也是现在，更孤独的是额尔古纳河的流水，它都那么老了
依然在我身边慢慢地流

柴达木啊，勘探队

卡车停下，路就停下
帐篷扎下，远方就近了

这一年，光阴有些凉
张二皮，辞职
罗伟，调走
测量员崔明明，到新加坡读研究生去了

刚才，大风又刮了起来
我唯一的月亮，在柴达木山上只停留了一小会儿
也消失了

勘探地球的人

1

勘探队。大风将至

有人，返回城市
有人，调进一座炼油工厂
有人，嫌累，回农村了
有人，调总部机关
有人，嫌工资少，辞职到广东打工去了

大旷野，千山万水重整方向。不想走，或是走不了的
皆是徐霞客的化身
唐：善调教风沙，仪器员
许：像闪电，测量工，来自清华大学
潘：云，气象专家
田：狼毒花，电缆技术员
胡：火，爆炸工
马：戈壁石，观测员，喜写诗

2

我，秋天，1210名勘探队兄妹

住在天山下

一抬头, 就能望见天山
再抬头, 可望见山顶上的雪
这多好啊。 我是个不优秀, 也不算称职的男人
我知道, 勘探的远方, 名叫荒凉
那里潜伏着的饿虎
还将吃掉我剩余的青春

而我, 不为别的, 仅为了这一座天山, 以及山顶上的雪
也可蹉跎了整个人生

3

大雨过后
小水洼, 眼神清亮

一顶, 又一顶的野营帐篷, 仿佛一个个省份
一辆, 又一辆越野车, 似乎能把整个宇宙装进车厢, 统统
　　运走

4

她是艳丽的罂粟, 绽放在东经87.51°, 北纬44.40°的天山脚下
她是寂寞的长信, 被春天退回到塔克拉玛干沙漠公路289公里
　　的铁皮房子

她是天使之泪， 滴落在蒙古国 XI 二维区块
她是一只前世的沙狐， 在准噶尔盆地北缘乌
　　伦古勘探区， 和着流水的节拍翩翩起舞

5

副队长西爱民， 驾驶罗利冈水陆两用车， 去
　　拖陷进沼泽的卡车
后勤班连夜打造小木舟
只身前去探路的施工员青岛阿纪， 遭遇群狼
测量班班长玉海因车祸牺牲

明天， 来自蒙古高原的八级大风
将横扫勘探区

6

准噶尔大戈壁， 那个扛着被大风刮烂的勘探
　　队队旗， 跨着大步走进地平线的年轻人
依然没回来

帐篷门口， 测量班副班长周忠军
坐在石头上
噙着泪， 吹响一把口琴

7

前行， 谁的车队像星空一样寂寥？
前行， 谁的命运像轮胎一样爆裂？

前行， 那是周忠军， 西爱民， 刘同敏， 青岛阿纪， 与死神一
　　起游荡
那是无边的风沙

前行， 那是包有刚， 张子良， 田莉莉， 诗人马行， 与狼群一
　　起奔突
那是干旱的大地

8

"我们有火焰般的热情
战胜了一切疲劳和寒冷……"

勘探队， 你是一棵野草与天空的对话
你是地平线
也是我的千山万水

大旷野， 你是生
你是死
你是命运之神的再次回望

勘探队啊大旷野，你是老卡车运来的白天和黑夜，你是我和宇宙胸腔里鼓荡的大风

大柴旦勘探区

星辰的秘密和忧伤，可是这地层深处涌动的石油与流水啊？

还有辽阔，辽阔是日月穿行
是另一种形式的孤独

荒山，引爆地质炸药
戈壁，激发人工地震波
勘探队驻地大院内，一顶顶帐篷之上
旗帜飞扬

大柴旦，勘探区，并不仅仅是工业
当神的门铃响起
地下的石油已有了更多的选择
或黑，或红，或绿，或白

一块又一块温润的大柴旦玉
皆是凝固的阳光

此刻，就在勘探队驻地大院后面，一条长长的戈壁路

穿过落日
通向地平线

在可可西里地质探区

羚羊跑得看不见了，飞鸟飞得看不见了
剩下一个可可西里
仿佛她身上工衣，风一吹
更显松松垮垮

铁锤，皮尺，日记本，还有几块
水果糖
也包括地质路线图，就在她肩挎的
地质包中

走着走着，没有理由地
她突然转过身
这时啊，整个可可西里，也仿佛
转过了身

她笑，冲我笑
并不是因为路远，而是她
把一块水果糖
扔进口中

她在炫耀，她让我看
也让整个可可西里看，她嘴角之上
挂着
小小的甜

大戈壁滩上的三个勘探女工

翻过高坡
又看到那三个勘探女工了，身影是那么亮
脚步那么轻
带着整个大戈壁在向前

肩上斜挎的工具包
忽高忽低，一起一落
这让我觉得，工具包里面
可能藏着最淘气的
三个小鬼：
伶俐、任性、顽皮

她们仨不停歇，大戈壁就不停歇
就会一直向前

她们仨越来越远
过了一会儿
她们仨的身影不见了，隐约的地平线也不见了
整个天边，只剩下
几丝云彩

辑二 勘探

在准噶尔

在准噶尔的勘探队待久了
会有莫名的寂寞
今天, 从早晨开始, 就有些口馋
想吃点儿什么

比如, 一瓶果汁
几块牛奶糖, 一碟炒花生
再就是, 正如马儿吃草
找到几片草叶也行

总想吃点儿什么
这就像我的勘探队工友罗老二
一闲下来, 不是找队长吵架
就是冲着天空扔小石子

都大半天了
我的卡车一直在颠簸, 从 Y2 勘探点
来到 302 测线
又到了一座沙山上

准噶尔啊，勘探队
我找了又找
忽然发现， 天上飘着的那几片浅云， 极像是
可口的点心

辑二 勘探

柴达木石油勘探施工遇险

队长被人救了出来
指导员被人抬着出来
钻工大赵出来了
放线工英子出来了
爆炸工老 A 出来了
能出来的都出来了
我也出来了
那天，有人牺牲，有人受伤，戈壁滩
　　上的夕阳依然又大又圆
回返的路上，十多辆大卡车
哐当，哐当

勘探奇遇记

在荒原之上，我遇到了城市的前生
乡村的来世，那儿的骏马比星星还多，那儿的女人比桃花还美
要想找到那儿，须由星星引路

在雪山的另一边，我还遇到一个王国
那儿的春天像现代童话，那儿的河流比玻璃还要明亮，由于那
　　天我没带指北针
现在我只记得大体的方向，太阳升起的地方

在沙漠腹地，我还遇到了绿洲
绿洲上有参天的古树，有开满鲜花的田野，还有人家
当时，勘探队的老队长记住了那个地方，可惜他已经去世了

在大海边上，我还遇到一些神仙，他们正在聚会
那是石油神、白银神、煤炭神、铜神……他们比勘探队更清
　　楚宝藏的位置
可一转身，他们就不见了

把山河走遍，我还遇到了另外一支勘探队
领头的人似乎在哪儿见过，极像是明代的徐霞客，我不知他们

在找寻什么

等他们走远，天地空空的，只有浅云在飘荡

在勘探基地旧址

勘探基地啊，这废墟之上
荒草，多么伤感

我盯了它很久，很久
它可是另一个无法逃离的我
被命运押在这儿？

哦，那一栋栋废弃的工人公寓
那假山、破卡车、淤积的人工湖，又是谁的赌注？

哦，大地老了
夏天很蓝
哦，岁月老了
一去不返

辑三 出发

巴里坤向北：孤独之神的家乡

巴里坤向北， 翻过雪山
再过两个村庄， 有个二十里庄破屋

二十里庄破屋并不是破屋， 而是一个地名
据我观察， 孤独之神有时会住在那儿

从二十里庄破屋再向北四十公里
是孤独之神最喜欢的二百四十里戈壁

当然， 二百四十里戈壁并不是数字
而是孤独之神的家乡

二百四十里戈壁偏西
有两个泉眼， 还有无名野花
开得很慢很慢。 再向北

是后园， 孤独之神的后园
那儿有一座山是寸草不生的黑园山， 有一座千年烽火台
无姓， 也无名

大雪山之门

大雪山下，有人扎帐篷
有人生火做饭

这大雪山，也许不是一座山
而是一座前世的城

大雪山下，我背着勘测仪器来了
勘探的卡车来了

大雪山啊，鹰飞，水流
风不停地吹
而山门或城门已经打开，但是我，我们勘探队

甚至，包括整个人类
却看不见

两滴黄河水

一滴黄河水再加一粒沙， 是我命运
一滴黄河水再加大半个苍穹， 是一座山， 是我巴颜喀拉大雪山

从黄河入海口到巴颜喀拉山

在入海口，我看到太阳
从海面上弹跳了几下，就升了起来

太阳往西，时光往西
我像追赶牛羊一样，奋力追赶

少年远了，青年远了，一个时代远了
它依然向西

这个黄昏，经幡随风，水草丰美
在黄河之源
牧人扎西的门前，我看到

我居然看到三十年前，从入海口走失的
那个太阳
正向着巴颜喀拉山，慢慢
慢慢地落

柴达木的蓝

偏僻的蓝
辽远的蓝
越来越寂寞的察尔汗盐湖的蓝
轻的蓝

虚幻的蓝
沉睡的蓝
不老的蓝
远去的吐蕃和大唐帝国的蓝

风的蓝
戈壁的蓝
从小柴旦湖到柴达木山
渐高的蓝

羞涩的蓝
单薄的蓝
骆驼刺盛开的小蓝花
小了又小的蓝

下午的蓝
天的蓝
跟在一列运煤火车后面， 咔嚓， 咔嚓
行走的蓝

卡车过阳关

卡车， 过了阿克塞县
迎着汉唐的大风， 哐当哐当地走着

阳关有时远
有时近， 有时只是几朵云
慢慢游荡

向前， 南湖乡的村庄
安静又现代， 简直就像人间的梦

都说 "西出阳关无故人"
来到阳关
才知天下黄沙本就是不老的故人

驶过葡萄园
驶过明代的烽火台
又驶过 《西游记》 人工景点区

再向前， 无边的大戈壁上， 一块块风凌石
正在闪闪发光

行进啊,罗布泊!

行进啊, 一个罗布泊, 一支勘探队

行进啊, 影子移动着, 幻觉移动着, 一片盐沼
跟在另一片盐沼身后

太多的死, 太多的生
白茫茫的
极似一座座城池, 又似大片楼宇
走近了, 只是大片的雅丹土堆在风化

行进啊, 把史书上的楼兰, 把神秘的白龙堆
统统丢在路上

行进啊, 把勘探卡车废弃的轮胎
把我的破帐篷
把大地的疲惫也丢下
行进啊, 管他宇宙星球之间

还能有多少罗布泊

行进啊， 我的手腕之上， 魔鬼指北针
在轻轻抖动

辑三 出发

塔克拉玛干的天空下

我们勘探，我们寻找
沙漠卡车
一会儿冲向东
一会儿又冲向西

远远地望去
蓝色的勘探桩号旗
如幻影
若有若无

万里的天空，多么慈悲
她轻轻垂落下来的
不是云朵
而是多汁的乳房

哦，不要说黄沙孤独
不要失败
也不要流浪

此刻，渴不死的命运之神，待哺的塔克拉玛干
正在醒来

在阿奇克大峡谷发现野骆驼

八个， 也许九个
在地球的侧面， 在阿奇克大峡谷

一动不动， 像敦厚的大漠使者， 像幻影
又像传说中的散仙

我， 一个外来者
刚想靠近， 他们已昂起头， 掉转方向
绝尘而奔

只一瞬间啊， 他们就把大峡谷内所有的虚无， 所有的空
都给了我

阿尔金山之夜

悬崖上
仪器工人邱小华像鸟蛋一样
掉了下去

他头盔里流出的血
怎么看
都像月光

篝火，还在燃烧
大野谷里
那些凉凉的微风，可否是灵魂在飘动

夜深了
鼾声四起，我也困了
从不喝酒的老班长
居然醉了

他蹲在帐篷门口
一会儿哭一会儿笑，一会儿又骂邱小华还欠他
两包烟

行进在塔克拉玛干

一座沙丘， 又一座沙丘， 排起长队
一座沙丘， 又一座沙丘， 可是传说中的死亡之神？

过轮台， 过塔里木河
过哈德油田
又过塔中–4油田
这一座又一座沙丘
在这晴朗的日子， 在漫漫长路上， 威武， 雄壮， 披着金色的
　　大氅……

木垒哈萨克大牧场

马群的后面
骆驼群放慢了速度
驮着木垒大牧场
缓缓地走

骑摩托车的牧人
一手扶着车把
一手高举酒瓶
从我身边经过

沙泉边的大树
篱笆墙，哈萨克村落
似乎也想
迈动自己的脚步

木垒大牧场
这是要到哪里去
这样走下去
会不会迷失方向

当我抬起头
不经意发现了天边的
三五朵白云
先是向左， 后又向右
像向导一样
正在导航

在可可西里

在可可西里， 他东张西望
他在梦中隐约记得， 有一只藏羚羊名叫央金卓玛
原来住在阿尔金山， 现在喜欢到乌兰乌拉湖边游荡

也是在梦中， 央金卓玛向前走着走着
就走进了逝去的吐蕃王朝

唉， 现在他真的来了
现在如果央金卓玛愿意嫁给他
他或许就能重回梦中， 披一身草叶去迎娶

卡车司机催他上车
我和同行的地质测量员们催他上车
他却舍不得离开

他在等待啊， 等待山高水远的绝世之美
等待那只名叫央金卓玛的藏羚羊
可是他啊， 也许并不是一个地质测量员
而只是我的影子， 我的幻觉

他不得不上了卡车

他哭了。 透过车窗再一次回望

但见草原金黄， 浅亮的河水转了一个弯后， 正跟在卡车后面缓缓地流淌

雁 鸣

嘎——嘎——嘎， 雁鸣似乎就在天上
抬头看， 却啥也没有

都好多年了， 总是这样， 一直这样
忽听雁阵就在天上
却就是找不到

会不会， 世界本就是幻象？
会不会， 所有在梦中的人， 都将像我一样
患上幻听症？

就在此刻， 居然再次传来嘎——嘎——嘎。 抬头
　　去看
天上依然一无所有

石油勘探队伍在行进

群山之后， 还是群山
行进中的大篷汽车， 行驶在没有尽头的山谷
有人憋不住了要撒尿， 左脸两道刀疤的司机说， "再过一座
　　山吧
得追上前面的队伍"

大篷汽车在淡蓝色的天空下一次次地加速
却就是不停下， 又有人憋不住了， 有人则敲着脸盆唱
"妹妹找哥泪花流
不见哥哥心忧愁"

大篷汽车的车厢里， 持续着臭豆腐般的
闷热和笑声， 而身边颠簸的群山， 它们多么饱满
恍若乳房在颤抖

跟着王葵花上山

那么羞涩，那么小的山
只能是王葵花的山
只能是一座生长在尘世外面的山

山有多大能耐
王葵花就有多大能耐

那么普通，那么丰满的山
那羞涩啊
真的像葵花一样

山上风大，风中路陡
王葵花不仅是一个勘探工
更是传说中的"山大王"

且看她在前面走，两旁的枯草、瘦槐、乱石
像喽啰一样，纷纷
侧身让路

勘探大卡车颠簸在太行山上

大卡车把春光颠簸到
树梢上了
大卡车把一朵朵白云颠簸到
山外面了

大卡车翻过三道梁
离开木瓜乡
跟着一条小河谷
继续向前

大卡车累了
大卡车死里逃生
大卡车遇到了一座古庙
大卡车会老吗?

如今又过了二十年
我已到中年
不经意回首,才发现当年的那个我
并没有跟上来

我与我的距离

越来越远了

唉，那个我啊，多孤单，他依然颠簸在

太行山上

在青海西

太阳寂寥， 大地起身
闪耀的雪峰， 可是天地之中？
北风停了， 暖洋洋的牛粪墙略有疲惫
牧人丹珠披着毛毯在打瞌睡
牦牛们， 纷纷从牧场上回来了
有的停住身子， 有的抬头望天上云朵
有的探长脑袋看着牧人丹珠
有两只小牦牛， 则转过身
瞅我的草绿色越野车
这是多么缓慢的时刻， 我把一片草叶
放在嘴角尝了尝， 涩， 清苦
过了一会儿， 领头的牦牛
像个国王一样， 慢慢掉转方向， 率领众牦牛
开始向着河边走

青 海

是谁把巴颜喀拉山放在这里
又是谁让万里黄河从这里起程

都说天上的星辰已老
难道， 她的青海也会老吗

哦， 远行路上
当她不经意转过身
所看到的
除了天际线， 依然是一个青海
三生的命：

青稞
白云
一朵格桑花儿

在青藏高原上

山高路远， 我们不是风
也不是雨， 只是一辆勘探卡车

来到海拔 2600 米的时候
在柴达木， 歇一歇

向前， 继续向前
跟着牦牛， 跟着晨星与晓月

副驾驶座上， 年轻的勘探队队员
桑珠玛已经睡着

向前， 继续向前
终于来到海拔 3650 米之上

多好啊， 我们遇到的流水叫拉萨河， 遇到的旗子叫风马旗
遇到的人啊是佛陀

辑四 石油

勘探工饶晶晶

戈壁滩上， 铁皮房子前
她静静地坐着。 一个淡蓝色小板凳

我是认识她的， 家住济南， 二十多年前
我们曾有一个相同的勘探梦

现在， 工作日志本就摊放在双膝之上
她在记录什么呀？

抬起头来， 空荡荡的高天上， 只有一朵小白云
在慢吞吞地走

大庆油田的冬天

大庆油田， 这冬天， 这幻觉
这无限的白啊

风在吹， 风中地平线
是弧形的白
卡车在行驶， 卡车的方向是白
速度是白

这是工业的白
还是后现代的白？
放眼望， 挂在高高的石油钻井架上的
那一抹云彩
不仅白， 还轻， 像白
一样轻

青年女工黄小桔的采油小站

旷野太大，小站太小
黄小桔越发觉得
黑石油的灵魂
影影绰绰
是一个小鬼

夜里，值班的她
睡不着
都凌晨三四点了
还是睡不着

就在嘎吱嘎吱的抽油机声中
她恍惚看到
有一个东西
顺着管线
溜到了小站院中

她披上衣服
走出铁皮房子
找呀找

只见半个月亮
搁在旗杆上， 冷冷的， 极像是
小鬼的脸

沙漠油田的黄羊

我在古尔班通古特沙漠南缘走啊走
没见到油井
也没见到石油工人

我在古尔班通古特沙漠南缘走啊走
沙坡上，却突然有黄羊
一只，两只，又来了两只

待我靠近了，才转过身
略有迟疑地慢慢散去
它们啊，仿佛知道我要来沙漠油田
且从此路过

我继续走啊走，不一会儿
又出现了一只黄羊，它瘦小，胆怯
一边小跑，一边回头
看了看我

准中油田注采站的冬天

冬天到了，当死神统率着千里冰雪
开始驱赶一切
准中油田注采站，成了准噶尔沙漠腹地唯一能够
　对抗死神的
生活点

一时间，流浪的动物
纷纷逃逸
有狐狸、沙鼠
有流浪狗、小鸟
凡无家可归的，凡找不到食物的
几乎全来了

不知不觉中，冰雪溃败
死神退位
众动物已与准中油田注采站的七八名工人
抱团取暖
成了一家人

又是傍晚，还没到开饭时间

一只狐狸， 已早早地提前来到食堂门口
它耐心等候的样子， 不像狐狸
倒像一位工人

辑四　石　油

古尔班通古特沙漠油田上空的鹰

一口油井之上， 有一只鹰
一栋铁板房之上， 有一只鹰
一个生活基地之上， 有一只鹰

总是这样， 每个生活点
每个作业区上空
时不时有一只鹰， 且只有一只鹰
在盘旋， 在巡视

鹰为什么选择独行
为什么极少有两只或多只鹰
同时来到油田
会不会， 鹰所在的天空
也属于油田
也在搞定岗， 减员？

此刻， 一只鹰好像发现了什么， 它迅速降低高度
突然， 又凌空而去

行走在大庆油田的秋天

走着走着
城市就远了
抽油机，落日
就近了

穿过玉米地
穿过草原
再沿着长满老榆树的
林荫小路
一直走

一直走啊
脚步，越来越轻
迎着风
一大块彩云，在钻井架之上，仿佛石油工人的队旗
在招展

辑四 石 油

在大庆油田矿区

我时常会想
一份最好的工作
也许是在大庆油田
在荒原上
当一名工人

而到了大庆油田
我才发现，有一个最好的选择
是能够
到采油九厂

还好，我等了大半天
终于遇到一个骑自行车的青年女工
她瘦小，短发
穿红工衣

我问她，怎么去采油九厂
她转过身
伸出手
把一条通向地平线的砂石小路
指给了我

大庆采油九厂的一个下午

荒原无边， 临近地平线的地方
有一个大庆采油九厂

老榆树， 卡车， 钻井架， 抽油机
停在那儿
一如天外来客

所有的， 西风， 南风
包括几片湖水
仿佛皆与俗世无关

是的， 这儿没有农业， 没有牧业
也没有城市
只是一个采油厂

不一会儿， 门口走来了一个青年女工
她胸前别着工作证
又过了一会儿， 天上一只鸟儿
飞远了

辑四 石油

在大庆油田旷野上

地平线看上去
有点儿远
坐在那儿的
只有三四座抽油机

老沙榆树
大都五六十岁了
因为疲倦
卷缩着叶子

公交站牌下
一位手提安全帽的青年女工
还在等
进城的班车

她， 等啊等
只有一些凉凉的风
以及孤单
吹过来

大庆油田歌谣

萨尔图， 月亮的故乡， 请把大门打开
让石油像游子一样归来

五马沙陀， 请把河流牵来
让传说中的五匹天马饮个痛快

巡井路上的那位青年女工
请侧一侧身， 让工业的大风温柔下来

嗨， 还有那位总工程师， 也请你把春天的速度再调快一些
让燕尾雀径直飞来

辑四 石 油

在羊口

羊口有海， 海边多泥

有油田
油田不算大
一条船
似乎就能把油田的一切运走

风起， 路窄
我站在窄窄的
羊桥上
直面羊口

羊口有一种孤单
把光阴
磨成了小刀

星星不多， 月亮不大
羊口很小
小刀
也很小

我在羊口小镇

羊口, 一个小镇, 积木一样
只有东西

东是一个海港
西是一个油田

夜深了, 我在招待所二楼推开玻璃窗
海港和油田都看不见了

抬头再望, 唯有
半个月亮

铁 人

王进喜识字很少
"石"是一个字,"油"是又一个字

王进喜画两个小人
再在小人之间,写上"言九"两个字
专指两个人在研究

王进喜画一根管子
再画一颗圆形的心
地层深处,就有了"岩芯"

王进喜写啊,画啊
写画出了工业、大风
以及松辽大平原

后来,王进喜成了两个人
一个,已逝去
另一个,依然在大庆油田,还在一线
工人之中

羌塘高原无人区

风来了， 风在经幡上
迎来冰山

野牦牛来了， 野牦牛跟着小蒿草的脚步
遇到扎加藏布河谷

"这里离尘世太远， 氧气不多
千万不能急躁"， 年轻的女向导低声说

走啊， 我们行走在通天的路上。 有一小片云， 刚才还在
一转眼， 又不见了

辑四　石　油

我们在大海上打井

我们在大海上打井

打一口月亮的井

打一口太阳的井

打一口星星的井

我们在大海上歌唱

我们在大海上起舞

我们在大海上悲伤

我们在大海上祈祷

我们在大海上打井

把白云打到海里

把雷电打到海里

把梦境打到海里

我们就是要在大海上

打一口执着的井

让前世的石油， 让孤独的石油

从亿万年前的另个世界

奔流到人间来

在海上钻井平台

大海剃度， 工人光头
这钻井平台， 多像一座寺庙

钻井平台上， 我又回头看了看
似乎看到了二十年前的我

那时， 整个世界都很热情
我晃着膀子
皮肤晒得又红又黑

也是那时， 海冰封堵了上岸的路， 大海多么年轻
我多么年轻

辑五 星空

勘探车队过克拉玛依

嗨，再向前
就是传说中的克拉玛依

车窗外，抽油机
金丝玉
大都还在

天凉。孤独
也很凉

孤独其实是一只受伤的
金色黄羊

卡车啊，卡车
请慢点，请再小心点啊，尽量不要碾压戈壁滩上的
月光

塔城哈尔墩玫瑰小院里的手风琴声

世界从塔城开始，而此时
塔城却从哈尔墩玫瑰小院的手风琴开始了

从傍晚到深夜，那位拉手风琴的哈萨克
  大叔，一直不是在拉琴
而是在拉动一个无边的草原

在天山北麓的草原上

木垒， 准噶尔
浅浅的小河， 流过哈萨克定居点

我停下脚步。 所有的安静， 集聚成一轮明晃晃的月亮
照啊
照在三两头骆驼身上

喜马拉雅山下

滴答，滴答
缺氧的钟表，把时间挂在墙上

摸黑推开窗户
夜色的纹路很模糊
几颗星星，正小鬼一样
伏在窗口

难道那几颗星星
也呼吸困难？

夜，越来越深
我披衣来到院子里，发现那么大的喜马拉雅山
像我一样，晕晕乎乎地
也睡不着

古尔班通古特沙漠里的月亮

挂在勘探队卡车上方的月亮
冻伤了手指的月亮
黄黄的，好像新涂了黄油漆一样

冷啊，月亮的光
千里迢迢赶来的古尔班通古特沙漠

月亮需要勘探队吗？
其实月亮如果瘦下来
也有自己的故乡

现在，在帐篷门口
勘探工人们点燃篝火，但见一片片月光，在跳跃的火苗上
噼啪作响

傍晚的塔里木

风停下来了
最后一辆勘探卡车也回来了

机械师托雷斯, 一个瘦高的加拿大人
在简易篮球架下练习投篮

唉, 十年已逝, 又一个十年也将逝去
我们又找到了什么?

是的, 我们依然在勘探
而塔里木, 却把宝藏与密码统统藏起

夜深了, 半个月亮
在对面的野营房顶上, 现出了流浪猫一样的白色脊背

夜宿天山克孜尔宾馆

停住破吉普
登记，拿钥匙，进房间
放下背包
把皮靴踢到桌子底下

开电视，又关上
拔出腰刀，放床头，转身推开窗
让夏夜的凉风
吹进来

对着镜子
想路上遇见的
一个女人，以及
鹰的翅膀

脱掉上衣，从背包中找出药丸
左腿结疤的伤
仿佛旧工衣上的
一块补丁

或许，月亮
才是疗伤的最好药丸
那一夜，它在我床头
亮了又亮

准噶尔盆地行记

准噶尔盆地的东面， 走着七百里长风
西面， 卧着八百里戈壁

准噶尔盆地的中部
有两条河流， 已枯干了千年
还有沙山， 正在熟睡

是的， 准噶尔盆地并不荒凉
它只是厌倦了繁华

在这儿， 某些星星
如果累了
依然可以从天上跳下来
化作戈壁石

空说无凭， 这个下午， 在准噶尔盆地的木垒哈萨克
我随手捡起的
一块戈壁石， 就内含星光

塔城之恋

夜半时分， 塔城
站在西北角高楼的阳台上

手扶冰凉的栏杆， 我看不清边境线
边境线也无法看清我

我能看清的是北斗七星的远
是宇宙的七个少年

而右前方， 有一个寂寥小新月， 似乎还穿着她
年少时的衣裳

塔尔巴哈台的小麦和月亮

塔尔巴哈台的小麦， 边境线上的小麦
远在天边的小麦

远离了俗世的小麦， 长生不老的小麦
麦田里空无一人的小麦

我看到你了， 看到了你绝世的孤独与美
也闻到了你的清香

请看， 请看， 月亮也来了
月亮看上去有点儿饿

可是， 月亮舍不得吃小麦， 月亮只是从塔尔巴哈台
从麦田之上， 轻轻走过

伊金霍洛旗草原上的月亮

野草望你, 一池清水
荡漾
小熊望你, 一坛蜂蜜
黏稠

一个伊金霍洛旗草原望你, 南西北东,
　四维上下, 一琴无声
一灯虚空

大雪山下

我看见大雪山了
看见藏羚羊追赶的长风
看见野牦牛
向着远方抬起硕大的头颅

我看见大雪山也在看
却不知大雪山是否看到了我
以及我点起的
一堆牛粪火

恍恍惚惚，我看见了
大雪山的后面
看见了大雪山后面
好像还有一个世界，一个我

天空，渐渐黑了下来
我啥也看不见了
我的身边，唯哗哗作响的冰雪融水，仿佛大雪山
的一声声长叹

勘探卡车夜半过陕北

夜半时分，勘探路上
我们在陕北的行进是偶然，还是一种必然？

狗还在呼喊，秋虫还在私语
群山还在拐弯

分不清，山坡上零零散散的光亮
哪是星辰，哪是人家

我们的勘探卡车减速，再减速
汛期的窟野河水却越发汹涌起来

而半个月亮，不时躲进云中，就像扑棱棱夺
　路逃跑的
那一只山鸡

荒原上的勘探指挥车

按钮，导线，连接着操作台
也连接着时空

屏幕前，女仪器员神情专注
那些闪烁的线条
仿佛地下矿藏躁动的灵魂

恍恍惚惚
侏罗纪，白垩纪
又回来了
灭绝的恐龙也回来了

还有谁，能走进时间深处
能把宇宙的大门打开？

此时，夜越来越深
勘探指挥车的窗外，只有一只只萤火虫
不时飞过来

在阿尔泰山望月亮

阿尔泰山高一些
再高一些,再踮起脚

我似乎听见月亮,仰着脸
在喊我,用哈巴河小县城一样的声音

再望,却是阿尔泰山
迷离的眼神

我弯腰捡起一块石头,不敢打月亮。我
把石头往身后扔,打月亮的影子

勘探途中，可可西里的黄昏

三千里冰沼，七百里跋涉
卡车缓缓停下，我和驾驶员先后跳了下来

望去，地平线上夕阳，那个又胖又重的家伙
仿佛是从另辆卡车上跳下来的

这是勘探队的可可西里
也是我的可可西里，夕阳的可可西里

所有以地质勘探为业的，都将成为我的工友
所有愿意，且能来可可西里的，都是我天命注定的亲人

背倚卡车，我边活动酸胀的腰身，边上前一步
向夕阳招了招手

青海草原上

那么高那么远的草原上， 只有那一个小院
梯子竖着
土墙下， 停着一辆木板车
那是大朵的格桑花儿， 在青海西， 再次盛开

那小院， 看上去
多么眼熟， 仿佛很多个很多个世纪以前
有一个人把院门打开
等， 等我此刻
再回来

朝 圣

他和她
也许是夫妻， 也许是偶然相遇的路人

一前一后
磕着长头
身后， 莽莽昆仑， 柴达木
身前， 藏北， 可可西里

帐篷门口

山东的十九年，加上林海雪原
加上陕北神木市的山岭，加上府谷县赵五家
　湾的两年半
加上塔克拉玛干沙漠，加上酗酒
加上膝伤，加上准噶尔
在青海地质勘探区，又加上昆仑山、落日、
　狼毒花
现在我来到海边，坐在帐篷门口的
是午夜，加上满天星辰

辑六 方向

在通天河大桥上

通行，并不是最要紧的
海拔 5300 米的通天河大桥，向我启示
它其实不是一座桥
而是一架天梯

抬头再望，天上多寂寥，把它当作桥的人
都到河那边去了

辑六 方向

过当金山口

左边一个阿尔金山， 右边一个祁连山
我看见风
都是从青海来的

过了山口， 海拔就低了
一路的大石头啊， 圆滚滚
像卧倒的绵羊

那位哈萨克牧人
新修的砂石路
向左一拐
溜进了， 淡蓝色的阿克塞县城

再向前， 黄沙如金。 大路
通敦煌

羊口的早晨

羊口的海滩， 总是浅浅的， 而浅滩的东北方
就是辽东半岛
正东方是正在升起的太阳

这个早晨， 肯定有人像我一样
也在思念什么
但见大海的水， 浅浅地晃了过来
又晃了回去

辑六 方向

在罗布泊镇

我一个人坐着。 天地空荡

另一个人， 是孤悬的落日， 他又重又大
似乎没有看到我
只是自顾自地， 充满危险地
往下滑

哦，大地之神

流水如梦，泥土即金

当太阳越来越高，当扎下的帐篷
响起隔世琴声

大地之神就是那个最美的女勘探员啊
就在她转身的同时，星辰已让出远方

哦，天气暖了又凉
背包轻了又重
枯干的梭梭草，轻轻摇晃着
旧日时光

——那蔚蓝色天空，连同几朵熟悉的白云，此刻正跟着她
奔波流浪

勘探路上：跟着木垒河向北

一座座雪山，支起帐篷
一块块大戈壁，把天边展开

木垒河多么年轻
多么欢快，仿佛知道地下的
石油与黄金藏在哪儿
也知道我的心思
可是，木垒河刚刚领着我们
出了大南沟
就突然消失了

我登高远望，想找回那流水与浪花
可整个勘探队前，只有从古尔班通古特沙漠方向
赶来的连绵黄沙

勘探途中

过了雪山之后
好多沙丘
不知不觉中， 都走散了

法国产震源车
德国越野车
敞篷卡车， 喘着粗气
走走， 停停

天越来越远
越来越老
偶尔可见的， 是孤单单的
小旋风

歇一会儿吧
从昨天下午开始
仅有的一条砂石路
也走累了

只是很奇怪， 你这一朵一直落在我后面的白云

不知何时
居然窜到了勘探队的
最前头

在木垒北部荒漠看偶遇的马群向北

那一刻， 天空很高

卡车熄了火， 我站在高坡上， 看马群向北游走

先是七匹枣红马走过去

三匹白马走过去

再是一位短衣长靴的哈萨克牧人走了过去

又过了一会儿

落在最后面的

两个小马驹

小跑着， 也赶了过来

那都是七年前了

如今， 我已离开木垒

回到山东

可我， 却不时忆起那无边的荒漠

忆起天空很高

忆起其中一个小马驹

从我身边经过时

它不知为什么，居然停住前蹄，用水汪汪的眼睛

看了看我

向导姚师傅

他在佛寺前停车
在噶尔加油
他总是让我想起冰山， 哗哗作响的拉萨河水

他知道鹰往哪儿飞
他认识冈底斯上空的云朵
他领着我们访牧民， 走河谷
看风吹风马旗

他说聚散也是风， 等我们再来西藏， 有缘就能见到他
无缘， 会见到另一个他

在天山深处偶遇一棵老榆树

山谷无名
仅有一棵老榆树

枝上没鸟雀， 周边无虫蛙
几株小草已枯干

看上去， 好像迷路了
又像是累了， 渴了

我伸出左手， 摸摸它干硬的老皮
又伸出右手， 拍了拍它

唉， 自从走进天山
我也一直在迷路

它啊， 多像我的影子
前世时光

而整座天山， 以及大大小小的山峰与石
　头， 或许曾是它的
一片片落叶

大牧场

偏西， 木垒哈萨克的头马
下午的太阳

头马后面， 依次跟着两匹白马、 一个小马驹
二三十匹枣红马

我新结识的朋友， 牧人哈德尔别克
一手骑摩托
一手高举套马杆

背后， 哈德尔别克背后， 约三百里之外， 金色的阿尔泰山
　脉， 绵延， 起伏
疑似另一个马群

准噶尔盆地的下午

马群从河谷中跃出
引领大戈壁
向着阿尔泰山口方向，慢慢游荡

落日啊，马群的脊背
闪着光

我是塔城

天亮了， 星球多么耀眼
我啊， 我是塔城， 端坐亚细亚大陆之正中

中国— 哈萨克斯坦的边界线多么漫长
我啊， 我是塔城， 我是手风琴淡蓝色的旋律

左边一座巴尔鲁克山， 右边一座塔尔巴哈台山
我啊， 我是塔城， 拥有满山野花

白云近了， 流水远了
我啊， 我是塔城， 我爱上了一只恍若隔世的巴什拜羊

辑六　方　向

中国—哈萨克斯坦边境线上

铁丝网下，干硬的土块
一只七星瓢虫
正在爬

没有护照的它，是那么小
它与天上大朵的云一样，都可能是从铁
　　丝网那边过来的

当然，日月星辰也不需要护照
可它一看到我
居然停了下来，紧接着掉转方向
快速地爬

大路朝天。沿着土块边缘
它爬啊，爬到了一小片隐秘的
草叶之背面

选择塔城

世上最美的地方在哪儿?
天地之神来了, 他选塔城

塔城最美的山在哪儿?
白云来了, 白云选巴尔鲁克山

巴尔鲁克山上最美的草原在哪儿?
一群巴什拜羊来了, 它们选山上的吐尔加辽

吐尔加辽草原上最美的村庄是哪个?
请看啊, 大巴车来了, 直接开进了阿克铁克切村

阿克铁克切村与我最有缘的人是谁? 毡房门前, 我刚从大巴车
　　上走下来
就遇到了手牵骏马的青年学生娜迪亚

辑六　方　向

在塔城的街上看榆树

塔城的街上
风在悄悄游荡

一棵棵的榆树
无论在屋前还是在街边
很少站成排
多是东一棵西一棵地
随意生长

傍晚时分
油亮亮的光落了下来
我对面的榆树
懒散，又性感

我不由自主走上前
我突然相信
我如果伸出手，轻轻地拍拍它，它也许会
开口说话

玉米，小麦，甜菜，向日葵，红花

塔城的这五作物，不仅是作物
因为无论性格还是命运
她们与其他地方的玉米，小麦，甜菜，向日葵，红花
完全不一样

塔城的这五作物
其实是塔城的五姐妹
无论容颜还是气质
与世间美女，还是不一样

多好啊，塔城五姐妹
从天而降的五姐妹

在塔城，不知何时起
从巴尔鲁克山下的裕民县一直到
塔尔巴哈台山下的阿西尔
上帝或众神仙，还有我的朋友，都争相改行
当了田间农夫

辑六 方 向

向着地平线行进

卡车陷进淤泥， 队旗舞动大风
半个天空在移动

这是东经 125°41′， 北纬 46°20′
这是黑石油的遥远与幽深， 地质勘探的
 马达轰隆

我冷， 我所有的山河
皆是难以治愈的职业病
—— 慢性胃炎的疼

背对大风， 我吃一口干粮， 调一调勘测仪器天线
侧着身
与命运反向而行

羊口谣曲

羊口很远，羊口很小

羊口不像一个小镇，倒像停在尘世外面的
三五条船

拐一个弯，会遇到一座石桥
石桥名羊桥

过了羊桥，可见宽阔的
淡水河
河边没有村庄，只有天妃庙

向东，向西，一池一池的海水，一块一块的天空，它们晒啊
正在晒成盐

辑六　方向

在塔尔巴哈台的山顶草原上

胡枝子、野薄荷、打碗花、百脉根
草木犀、红车轴草、野苏麻、翅果菊、野
　豌豆、夏枯草
蒲公英、白茅、黄刺玫
还有一株花，孤僻，羞涩
距离我约有四五米远
她那伞状的花束，有点儿像唐代女子
高高梳绾的发髻
我正想到她身边去，然而
随着一股突来的山风，她一侧身，却隐入
深深的草丛中

在准噶尔腹地遇到人家

准噶尔的腹地，几近无人区
当然也没有路，还好，我们地质勘探队的人
已习惯了这样的荒凉
走着走着，如果平坦坦的戈壁上
突然有了绿色隆起
那肯定是树，而树的数量大都
只有一棵或两棵
走近了，那树下肯定有水
有泉。而泉水一旁，总是会有两间土房子
土房子往往柴门虚掩
我不知道里面住的是牧人、隐士还是神仙
而窗台上，必定会有一盆或两盆
正在盛开的鲜花

辑七 石头

西部谣曲

是谁， 把天上两块宝石放大成天山和昆仑

又是谁， 将尘世一粒粒黄沙
堆积成塔克拉玛干
再让雄鹰
托起蓝色的苍穹

千年啊一瞬
汉唐的云彩， 掠过了雪峰
一瞬啊千里
那正在驶来的， 又是谁的卡车

哦， 还能有谁， 闪闪发光
把落日收藏
还能有谁， 高高在上
把星星点亮

在哈罗无人区捡戈壁石

向前，过地平线，过大草滩
又穿过南湖戈壁

也不知什么时候起，风居然疲惫了
还落在了我后面

再后来，天上白云不想走了
纷纷停住脚步

我也想歇一歇，耳旁
却仿佛有声音一直在回响

"向前走，不要停，天黑之前，你得
　　赶到那块等了你千年
还依然在等的戈壁石身边去"

小石头

大风向左，卡车向右
我们从七角井到哈密北
又翻过星星峡，走出河西走廊
不知从什么时候起
渐渐有了包浆的你，就像一位
来自彼岸的仙女，我也似乎
找到了远去的童年
如今，你挨着我，我挨着你
仿佛看到了万里之外
你的家乡准噶尔，有更多的小石头
借着夜色，往返于前世的星辰
与今生的戈壁之间

辑七　石　头

在和布克赛尔戈壁滩上寻找戈壁玉

和布克赛尔戈壁滩上
我在寻找，风也在寻找

如果找不到，或与你擦肩而过
将永不再见，错过今生？

一直以来，我都分不清
是我在选择你，还是你在选择我

现在，光阴渐老
记忆中的秋天已经疲惫

而我，依然在寻找。可你啊，会不会
　早已化身为天上的
一小片云，或一颗星

戈壁滩的早晨

天蒙蒙亮， 帐篷门口
我伸懒腰呢， 却发现一小块戈壁石
特别安静

我上前几步， 俯下身
看了又看
我想弄清， 它是寻常石块
还是玉？

我把它拾起
用衣袖轻轻擦它身上泥灰
这时， 她好像从梦中
醒来了

也真是奇特， 因为她眸子里有了光， 这戈壁滩的早晨
突然明亮了许多

玉 记

大戈壁滩上， 她并没有躲藏
她只是停留在那儿

风吹得猛了
她就跟着风走
风停下
她也停下

天冷了
大雪覆盖
她就以足够的耐心
等啊， 等

她是玉呀， 可是
她并不知道

现在， 又起风了
她在风中
走走
停停

和布克赛尔的一块金丝玉

在和布克赛尔戈壁滩上
我一眼就瞥见了它
我弯腰把它捡起，直觉得它
不仅是金丝玉
还是整个和布克赛尔

它呀，似乎比三万多平方公里和布克赛尔更加真实
仔细看，依稀可见峡谷、戈壁、沙漠、湖泊
以及最高的木斯套峰
甚至还有骆驼

我把它举在半空
仿佛举起了一小块地球

大 山

我有三座大山
昆仑、唐古拉、喜马拉雅
它们的乳名分别是小风、小雪、小石头

迎着昆仑的狂风
当我叫一声小风,我看见的是
飞沙走石

当我在唐古拉
向一棵又一棵小蒿草,说及若干年前的小雪
雪峰开始高耸,雄鹰向我飞来

在喜马拉雅,当我伸出臂膀
大吼一声小石头啊小石头,但见浅云飞散
光芒四射

在大西北

火车在深夜里
火车上的广播停了，灯也熄了

火车的名字是 Z358 次，火车不快也不慢
火车窗外，星辰满天

火车之上，我睡不着
把玩一块我在勘探工地上邂逅的戈壁泥石

火车在深夜里，铁道在深夜里
火车打鼾，脚丫子臭

火车啊，伴着无边的空旷，伴着我，伴着一块小小的戈壁
　泥石
在大西北穿行

大柴旦西山行记

没有鸟兽
没有丁点儿的车辙或脚印
没有草
也就不需要流水

每走一步
脚下，一块块石头
土坷垃一样
断裂，破碎

这些石头
都太老太孤独了
孤独得
已无气力

其实啊，我自从
来了这儿
就成了同样孤独的
一块石头

唉， 为了不把另一些石头碰疼， 碰碎
整个大柴旦
只好放慢脚步
轻轻走

昆仑山下偶遇的一块小石头

昆仑山下，小石头一个挨着一个
我看了又看
只有它，不像是
寻常小石头

它的正面
形似缩小版的昆仑山
背面则粗粝，神秘
如二维码

也许，它与遥远的
外星文明有关
也许，它压根儿就不是
什么小石头

我把它托在手心
它沉甸甸的
它好像在等待什么，又像
思考什么

偶遇黄泥石

加依尔山上， 山坡是黑的
山顶是灰的
只有它是孤单的黄
黄袈裟一样的黄

满山石头大都麻雀般
那么小
只有它个头特别大， 像一只鸽子
在栖息

断崖， 西风
已在渐远的梦中
只有它看上去不仅醒着
似乎还想飞

我把它高高举起
让阳光把它照亮
我抚摸着它

我犹豫不决起来

辑七 石 头

想把它带走
又觉得它块头有点儿大

我恋恋不舍
我担心， 等天黑了
它也许真的会成为一只鸽子
悄然飞走

我坐在昆仑山的石头上

整个下午
我坐在昆仑山的石头上
一动不动

那些大大小小的石头， 浅浅的野草
肯定以为我是一块
新来的石头

望着一个个山峰， 天上云朵， 飞来的鹰
我如果一直坐下去
也许真能成为
一块石头

这多好， 可南望佛国
怎奈突来的一阵大风， 却把我的长发
吹动

克拉玛依辞

嗨, 克拉玛依, 孤独的尽头
雄鹰领航, 黄羊转身

请到风中啊
到月光的出口, 启明星
升起的山冈

请到等了你千年, 还依然在等的
那块戈壁石
身边去

克拉玛依

西风如刀
秋水凉

白杨河大峡谷两岸的胡杨
越来越老

油田砂石路
钻井架上的月亮
也老了

克拉玛依啊，你能否
转一转身

我只想看一眼，是否，你还是那块少年模样的
金丝玉

冈底斯山谷

所谓天涯地角
就是整个宇宙的寂寞,可能都在这里
上午过去了
下午过去了
这山谷还是没有人进来
直至黄昏,才有一辆拖拉机
突突突驶来
拖拉机上有一个围着头巾的女子
还载着几根木头
我多么欣喜啊
我想,这拖拉机应该
能够停下来
可不一会儿
拖拉机却突突突地走了
只留下风,在草叶上
轻轻抖动

阳关的两块花石头

阳关的下午， 烽火台下
天高地远， 我捡了两块花石头

又过了一些天， 我有点儿想不明白
为何会在阳关遇到它俩

刚出甘肃敦煌地界， 好像是在新疆的哈密
我突然感觉
应该放生两只小兔一样
把它俩放下

最重的石头都是如释重负
上山的时候
我把一块留在半山腰， 另一块
给了山顶

辑七 石 头

陪着一块风砺石在准噶尔戈壁滩上

风砺石啊
这个下午， 我哪儿也不去了

我不知， 你在此等了
百年还是千年

也不问， 你是不是
正在想念千里万里之外的另一块
风砺石

我只想坐在旁边
像你一样， 耐心地等

唉， 就这样
并排坐着， 你等你的
我等我的

柴达木山上

一觉醒来， 柴达木山上居然下雪了

雪不算厚， 但也不薄
像一缕缕白云， 像夏天的
一个个梦境

再看， 勘探队似乎不再是昨天的勘探队
卡车也似乎不再是昨天的卡车

帐篷门口， 新捡的一块戈壁石
好像也变了
昨天它还像一头小羊。 此刻， 无论从哪个角度看
都像骆驼

其实我也已不是昨天的我
伸一下懒腰， 我居然感到了
久违的轻

辑八 大水

黄河入海记

看啊， 看远飞的灰鹤
飞到天的另一边

看啊， 看黄河又向前推进三百里， 成了
一个大海

在海边

大海即是崭新的旅程啊

一个人把背包放下，又拿起。一只只灰
　鹤，站在大海边
等风吹醒

黄河和我是同一条河

黄河流着。 我坐着——

久了， 就拍拍屁股上的尘土
直起身
伸个懒腰

要么， 随手捡起一块土坷垃
用一把力
把它扔给黄河， 扔给黄河背后的一地草丛， 一个水洼

那边， 这边， 黄河和我
是同一条河

抬起头， 水来
水走

黄河传奇

黄河都流到大海里去了
黄河都流到大海里去了?
黄河流啊，黄河都流到大海里去了
黄河流啊，出青海，走兰州，下壶口，
　过济南
黄河流啊，那个站在河边看白帆的河西
　少年，已临近中年
黄河流啊，庚子年后是辛丑
黄河流啊，大海也流，大海里面一直涌
　动着很多的黄河

黄河那些船

那时，浪头很大
黄河总是跟着黄河上的船在走
而船上汽笛，总是一声声地
唤醒岸边睡着的人
再冷再苦的日子，只要船只突突突地行驶着
大海以及远方的暖
也就近了

现在差不多三十年了
黄河已不再通航
没了船，就没了渡口
黄河多么孤单，连涌起浪头的劲儿
也没了，每天只是
空荡荡地走

还好，我在梦中，偶尔会遇到
三十年前的那些船
它们隐隐约约，白帆高挂，逆流而上到济南泺口
顺流而下时，从我身边
直达入海口

到张掖看黑河

我跑啊，跑到张掖城外
去看黑河

前世的木笛隐约在响。我是谁啊，我伸
　手摸着一把又一把
黑河水

黑河来到了张掖

黑河选择了向北走， 也就选择了河西走廊
选择了张掖

黑河里有风， 有雨
可这流水咋就不黑。 它想什么呢
它到底是谁

请看啊
它根本就不是黑河
在这张掖城西， 它多么无羁， 那海蓝海蓝的模样
看上去

多像一个来到故乡， 却不识家门的
汉唐浪子

扎加藏布河边

大门朝着太阳
扎加藏布河水， 流到牧人边巴身旁

风停的时候， 牦牛们
都会慢下来

边巴喜欢这里
一条条经幡挂在房前房后

晴空一样， 瓦蓝瓦蓝的是两个女儿， 老大喜欢唱歌
老小喜欢骑马

在长江源

鹰来，让天飞
藏野驴来，让山冈久久地伫立
小溪来，让大地俯身
各拉丹东大雪峰来得最早，拨开云天，像祖父在微微笑

辑八　大　水

雅鲁藏布江

多少爱，多少前世，汇成这急促流水？
日日夜夜守护在旁边的，又是多少草
　木，多少石头，多少风马旗？

"少小离家老大回，乡音无改鬓毛衰"
恍惚觉得，至少已有五百年了
我未曾再来

如今，我前世的恋人——不，不是前世
是今生哀愁，就在江边
因为我已看见

一朵又一朵的格桑花儿，正那么绝望，
那么寂寞地
摇曳，在风中

早　晨

我到海边观日出
看到的却是小刀一样的蓝

太阳就在大海里面
却藏着不出来

还有青岛， 还有夏威夷， 还有她的孤独
也在里面

她们不出来， 大海多无聊
不停地把浪头拍到脚下， 就像忧伤的印第安歌手， 拍打着古老
　的手鼓

黄河向东行

大水，诵经
一个接一个的浪头，接连念诵成
揭谛揭谛，波罗揭谛……

泥沙，燃香
那河面上升起的
不是水汽，那是揭谛揭谛
波罗僧揭谛……

这又是谁？过河套，出壶口
一路经行
一路叩拜，一路不停地向东向东啊，直至大彻大悟
成为我的海

一个人在兰州黄河边上

一个人
头顶天空

一个人在兰州黄河边上
拍照， 看流水

一个人， 其实也是
一条河

一条黄河要入海。 一个人孤独久了， 不由自主地沿着河边
慢慢走

黄河张家滩河段,沙洲之上

风在走, 浅云在走
一岁又一岁光阴在走

或许累了
大量的泥沙纷纷拒绝远行
在路上, 堆积成
狭长沙洲

向东, 向东, 再有一百二十里
就是大海了

唉! 莫说黄河
不复返
此刻, 沙洲真静, 一只只大雁以流水的姿态, 飞起
又落下

你是我的黄河水吗

那滚黄滚黄的， 那一去不复还的
是黄泥， 还是浪花

据传， 都好多好多年了
你的魂魄一直在天上游荡

那堆在大堤上的， 那一堆堆的砂石
可是你脱下的衣裳？

还有， 你可知道河边那么多的农田和村庄
为什么像烟花一样消逝？

唉， 光阴匆匆， 俗世如梦， 你啊， 到底拐了多少弯
你是我的黄河水吗？

辑八 大 水

乘铁船沿黄河入海口河道驶向大海

黄河在前， 铁船在后

沿着黄河的走向
前行十余公里
又十余公里
直至铁船的速度放慢

慢成一个浪头。 我以为走进了大海
回头看时
才发现身边的水
依然浑黄

唉， 这是哪里呀？
如何才能分辨
哪是黄河， 哪是大海

难道， 世上本无黄河也无大海！
站在船头
我看到的只是
一片大水

我就是黄河的支流

童年是水， 青年是水
如今人到中年， 依然是黄河的一部分

天空东倾， 我的速度是水
波浪是芦苇、 卡车、 奔马、 雄鹰

当大风和云朵在华北平原上来回游荡
我的上游， 已星辰满天

再向上， 夕阳是更大的流水， 黄土高原、 贺兰山、 祁连山、
　巴颜喀拉山
依次在我身边， 席地而坐

黄河边上

一个人东走走， 西转转
县城东关向南， 老街拆了， 豆腐巷子村拆了

黄河港废墟之上， 两间草房子也拆了
瞎子王老六被拆到哪儿去了

一个人找了又找， 没找到大田家村的铁水车
没找到那座七十年代的青砖小桥

也许， 世上本无故乡
更无黄河。 风一吹， 停在对岸的

几朵白云， 仿佛接到了拆迁指令， 也急匆匆地
四散而去

从济南泺口向东北

有一个济南老了， 有一个河港荒废

向东北二百里
再行二百里

河如果走累了， 要么把自己化为风
归入虚无
要么就把自己走成海

此刻， 夜色比水面还要宽广
明月慈悲

似大船驶来

入海口

这是我第九百九十九次提到入海口
第一次,我说入海口是个迷路的孩子。第二次
我说牛羊跑,野花开。第三次,我说
我一定要离开入海口。第四次,我好像忘记说了什么
但我感觉到入海口的速度,跑
第五,第六……如今是第九百九十九次了
我只能如实说,入海口在我身体里
安置了八百里滩涂和沼泽

不是我不想走出入海口,而是入海口不想离开我
我熟悉那些街坊邻居
住在南滩的五保户,北洼的那个老大娘
住在河滩上的护堤老人,还有
那个大冬天不穿衣服的傻子
他们死了。他们都是入海口的茅草
根,沾着泥土

这一次,我必须说说
大路两边的向日葵,歪着头,籽粒饱满
那个赶着满车芦苇,抄夜路回家的老汉

戴着狗皮棉帽，手扬马鞭
来到盐窝镇马车店
他先是吩咐店主人给他的老马喂今年新割的草
又要了半壶烧酒、三两猪头肉
和一盘花生

我还要坦白地说，入海口的天空
有那么多大雁往南飞，我坚信那领头大雁，名字肯定叫"红"
尽管，她早在三十年前，就跟着父母回了城
还有那个失踪多年的小学同学
据说，她嫁给了天上的月亮

我还要在大海的左边种小麦
右边栽白杨，当黄河从我的门前流过
当春天来临，入海口的草木
再次迎着大风生长
上帝啊，我还有一个请求，"您既然允许春天来到这里
就得允许我成为这里的王"

辑八 大 水

日历牌上的黄河

元月五日， 联系电话， 已是空号
二月九日， 左边写着职称考试地点， 右边是我画的一只鹰
四月二十一日， 已撕掉
四月一日， 已撕掉

五月十二日， 今天
依然薄如纸
我在它右下角， 用钢笔写下
"晴， 无所事事， 唯一条黄河从门前
懒洋洋地流"

辑九 飞翔

在天山

巴哈古丽， 巴哈古丽
偶遇的这位哈萨克姑娘， 把她的世界一个个地展示给我

她还有另一个家
一个南山
她的爸爸、 哥哥正在那放牧

天山是她的
所有的孤单和美
也是她的

从上午开始， 不时有高飞的雄鹰， 天平一样
支撑起
她的天空

柯坪戈壁滩上遇城堡废墟

时光删除了太多
却留下白骨， 残木， 泥墙之间
一缕缕清风

曾有多少头领， 百姓
干枯的河床旁， 千年木笛能否再次吹响

我弯下腰， 把一角陶瓷碎片
捡起， 又轻轻放下
整个中午

天空一动不动， 唯大朵大朵的云， 慢慢巡视着
这城堡废墟

在昆仑山遇磕长头而行的年轻夫妇

在昆仑山
我不认识那对年轻夫妇

昆仑山， 或许感受到背负的灵魂之重， 居然让出一个
通天山口

就是在那里
石头已不再坚硬

我看到长风， 吹拂着他俩的脸孔
那些风啊
吹得辽阔又干净

辑九 飞 翔

太行山上

那朵大白云
上午山右， 中午山左

娘子关没有了风， 整个天空越来越轻
轻得像蝴蝶飞

那朵大白云， 还愿意
回到尘世吗

此时， 我坐在石头上歇脚， 那朵大白
　　云， 领着几朵小白云
在前面等我

在柴达木的一个孤坟前

天上有多少星星
柴达木啊，就有多少勘探队队员

孤坟多安静。他不过是扔空酒瓶一样，把柴达木扔在这里
他飞了
像鹰一样

河西走廊的孤独

鹰在高飞。 河西走廊的孤独在高飞

忽见一片羽毛
斜着身子， 飘浮下降

那个瞬间， 我多么欣喜
我伸展双臂， 快步上前去接

可那一片羽毛， 还有一小片瓦蓝瓦蓝的
　天， 却被一阵突来的风
吹走了

冈底斯山

雄鹰，请继续占山为王
牦牛啊，请让一条条峡谷成为你今生的口粮
冰峰啊，如剑，如护法金刚
最慈悲的，还要数那朵朵白云，正托着一个天空向我们慢慢
　移来

海拔 4700 米的安多

安多，安多
在念青唐古拉山和唐古拉山之间
沉默寡言的安多
海拔 4700 米的安多

隔世的安多
梦中安多
骑着瘦马的安多，谁来了
谁又走了？

又是谁，把渐行渐远的白云，连同下午的太阳
高高悬挂在，飞扬的
风马旗之上

在玛多县

到了玛多县， 雪山又站起来了
一条条无名小河， 孩子一样拐着弯
追赶渐远的春色

我们的向导
扎西拉姆
年轻又丰满， 她扎下帐篷， 支起铁锅
在煮茶

玛多县， 让高原有了起点
让雄鹰盘旋
俯冲， 滑翔
调整着天空的角度

嗨， 这时的玛多县， 我们喜欢
神也喜欢

请看身边的几朵格桑花儿， 顺着风， 一会儿向东摆
一会儿又向西摇

九 月

九月高原， 十月劲风

孤独是枯干的蒿草， 蒿草是渐远的溪流
牧人扎西
开始准备过冬的棉衣、 牛粪、 肉干

他的妻儿， 忙着寻找
一只误入迷途的羊

从下午到黄昏， 没人在意那只飞鹰， 一
　 会儿把天空缓缓抬高到云彩里
一会儿又把天空狠狠地降下来

黄昏时分，勘探队驻扎在昆仑山下

黄昏时分，卡车纷纷熄火
我们集合
扎帐篷，生火做饭

极有可能，传说中的昆仑山神
已混迹勘探队

抬头望，低空一只雄鹰，时而盘旋，时而滑翔
仿佛正在值守
的又一名勘探队队员

小蒿草

小蒿草坐着，我也坐着
整个上午
我们肩并肩，坐在念青唐古拉山北麓，海拔 4000 米
的山坡上

我是今天上午才来这儿的
而小蒿草已在这儿居住了万千年

小蒿草，我
为什么会相遇？
她到底是小女妖
还是小仙女？

风一吹，我居然看见她的身边，有小花
羞涩地
露了出来

那曲： 赶火车记

从早晨开始， 大雨越下越大
似乎在拦截什么

风马旗引领的山路在塌方， 等我赶到那曲站
火车
已经开走

唉， 难道漫漫长途是冰山的寂寞
是未了缘

现在， 大雨已停
那曲的天空， 蓝得像一曲悲歌

转身再望
一只模样俊俏的小羊， 正从站台外的草地上
怯怯地
向我张望

冈底斯山谷

从早晨开始， 就有两朵白云
远远地停在半空
下午时分， 不经意又望到了那两朵白云
依然守在那儿
就像天上的两个门神
难道是， 正在行进的勘探车队
惊扰了某位神仙

现在， 一堆堆篝火已熄， 山谷寂寥
坐在帐篷外
借着月光， 我隐隐约约， 又看见了那两
　　朵， 一动不动
守在半空的白云

水泥桥上

桥南是山东省， 桥北是河北省

举目望去， 天上什么也没有
也不知那些鸟儿、 白云
都去了哪个省

这水泥桥上， 也许另有一个时空
另有天外来客

不一会儿， 居然有自行车
来到桥上
那是一个身着蓝色校服的
女中学生

她啊， 手扶车把， 额头微仰， 头发被风甩在背后
奔放， 明亮

在喜马拉雅山

一座座雪峰， 是谁的思绪
一只只斑头雁， 是谁的目光
一条条小河， 是谁的脚步
一朵朵雪莲， 是谁在笑
一头正在吃草的野牦牛， 多像一首思乡的歌
大半天了， 我望啊望， 也不知坐在雪坡上的那
　个女子是谁
更不知她从哪儿来
山高啊路远， 我甚至忘记了自己是谁
我想啊想， 忆起的只是天边
一小片云

马兰花谣

很久很久以前
很远很远的天边
那不是大朵的白云
那是阿拉善左旗
在荡秋千

很久很久以前
很远很远的山上
月亮升起来了
升起一个星空
在等待

很久很久以前
很远很远的梦里
一个窄窄的门打开了
那是她啊
再一次转过身来

很久很久以前
很远很远的灰雁

飞啊飞，很远很远的
马兰花儿
要回家

大雁飞

大雁飞过麦地
飞过黄河， 飞过林间黄昏

大雁除了一对瘦翅膀， 不携带丁点儿
干粮和水

大雁飞啊， 把一个又一个尘世， 带向远方
大雁飞啊， 一如苦行僧

大雁过后， 我头顶的天
叫空

辑九　飞　翔

出昆仑北山口

突然间，似乎被谁狠狠推了一下
玉珠大雪峰不见了，其他雪峰也全都甩到了背后
天高了，云小了。忍不住
回头望了又望，直觉得山中岁月，前世今生
只是一朵朵狼毒花
在摇曳。唉，谁在勘探，谁在牺牲
向前，戈壁无边，天地彻底敞开
灵魂如风

在荒原上

帐篷内， 测绘工程师陆诗文
以膝盖作工作台， 启动手提计算机

帐篷外， 驾驶员老韩
单膝跪地， 补轮胎

众勘探兄弟， 已人到中年
但是， 风的口琴还在响

把命运交给勘探队
再把所有的孤独扔给荒原

这春天已来， 芨芨草返青了
芨芨草在长

就让视线尽头的一座座远山， 一点点地收下孤鹰
天空， 夕阳

辑九 飞 翔

我是雪豹

我的第一个兄弟是喜马拉雅冰山
我的第二个兄弟是唐古拉冰山
我的第三个兄弟是天山冰山

夜晚，我的第四个兄弟领着月光，沿山
　脊漫行
白天，我的第五个兄弟在裸露的岩石
　上，酣然入睡

这么多年了，雪线是我的边界
雄鹰是我的翅膀
云朵是我的方向

众兄弟在上啊，也请头顶的天空，以及
　那朵朵盛开的雪莲
给我护佑，给我力量

我在，冰山就在。冰山在
孤独就永在

图书在版编目（CIP）数据

无人区的卡车／马行著．—济南：山东文艺出版社，2021.12

ISBN 978-7-5329-6473-4

Ⅰ.①无… Ⅱ.①马… Ⅲ.①诗集—中国—当代 Ⅳ.①I227

中国版本图书馆 CIP 数据核字（2021）第 245276 号

无人区的卡车

马　行　著

主管单位	山东出版传媒股份有限公司
出版发行	山东文艺出版社
社　　址	山东省济南市英雄山路 189 号
邮　　编	250002
网　　址	www.sdwypress.com
读者服务	0531-82098776（总编室）
	0531-82098775（市场营销部）
电子邮箱	sdwy@sdpress.com.cn
印　　刷	山东临沂新华印刷物流集团有限责任公司
开　　本	650 毫米×960 毫米　1/16
印　　张	14.25
字　　数	157 千
版　　次	2021 年 12 月第 1 版
印　　次	2021 年 12 月第 1 次印刷
书　　号	ISBN 978-7-5329-6473-4
定　　价	49.00 元

版权专有，侵权必究。如有图书质量问题，请与出版社联系调换。